表達能力大提升

我會聽完再說話

許萍萍　著

新雅文化事業有限公司
www.sunya.com.hk

「米粒鼠，豆粒鼠，你們兩個明天……」

鼠媽媽還沒說完，米粒鼠就搶着說：「明天我和豆粒鼠要幫您除草，對嗎？」

「不是的，米粒鼠，你們兩個明天……」鼠媽媽說。

「我知道了，明天我和豆粒鼠都要去圖書館看書。」米粒鼠又搶着說。

「不是！米粒鼠，你能不能先聽我把話說完，然後再問啊？」鼠媽媽有點生氣地說，「明天，你們兩個要去祖母家……」

「我們要去做什麼事呀，媽媽？
我們要去採蘑菇，還是要去摘野花？」
米粒鼠又打斷了鼠媽媽的話。

「你能不能先聽媽媽把話說完呀？」
妹妹豆粒鼠拉了拉米粒鼠的衣角。

「你看，豆粒鼠比你小，都知道要先
聽完媽媽的說話，聽清楚每一件事情後再
發問。」

6

鼠媽媽繼續說：「明天，你們兩個要去看看嫲嫲，問問她需要什麼東西。」

「嗯，好的。沒問題，媽媽。」米粒鼠和豆粒鼠說。

嘛嘛喜歡一個人住，她就住在田野盡頭一棵老棗樹下的小草屋裏。

第二天，米粒鼠和豆粒鼠一大早就出發了。

半路上，米粒鼠和豆粒鼠看見土撥鼠爺爺站在橡樹下，一臉痛苦，「嚦啦——嚦啦——」地吐着氣。

「你……你們來得正好……」土撥鼠爺爺說。

土撥鼠爺爺還沒把話説完呢，米粒鼠就插嘴説：「土撥鼠爺爺，是橡子打在您的頭上了？」

　　「噯，不是的……」土撥鼠爺爺説。

　　「那麼是有人在追您？還是您摔跤了？」米粒鼠又插嘴問道。

　　「哎呀，不是的……」土撥鼠爺爺説。

「那是為什麼呀？土撥鼠爺爺？」米粒鼠再次插嘴問道。

「我……我的腿……」土撥鼠爺爺斷斷續續地說。

「您的腿怎麼了？」米粒鼠望着土撥鼠爺爺的腿，他的腿根本就沒問題嘛，「您的腿不是好好的嗎？」

「腿⋯⋯痛。」土撥鼠爺爺一次又一次被
米粒鼠打斷說話，痛得快支撐不下去了。

　　幸好豆粒鼠細心，發現土撥鼠爺爺的後腿被一塊大石頭壓着。

　　「米粒鼠，快！我們一起幫土撥鼠爺爺把石頭搬開！」豆粒鼠說。

　　嗨喲嗨喲，兩隻小老鼠一用力，石頭就被抬了起來。

「謝謝你們，我一彎腰，腿就越痛，就越沒有力氣搬開石頭……」土撥鼠爺爺說。

米粒鼠和豆粒鼠趕
緊把土撥鼠爺爺送到醫
院。

狐狸醫生說：「你
們再來晚一點，土撥鼠
爺爺的腿就可能會斷掉
了！」

18

「對不起，
土撥鼠爺爺！」
米粒鼠很後悔剛
才自己不停打斷
土撥鼠爺爺的說
話。

「今天就
算了，以後要
改一改這個壞
習慣了。」土
撥鼠爺爺原諒
了米粒鼠。

小老鼠們來到嫲嫲家，嫲嫲正坐在院子裏曬太陽呢。

「嫲嫲，嫲嫲，媽媽問您需要什麼東西。」

「嫲嫲看到你們，就已經很開心了。我什麼都有呢，有吃的，有穿的。我曬曬太陽呀，聽聽鳥兒唱歌呀，生活很快樂。你們來看我，我就更快樂了。」

　　嫲嫲年紀大了，說話慢吞吞，又嘮嘮叨叨的。

　　但是這一次，米粒鼠記着土撥鼠爺爺的叮囑，沒有打斷嫲嫲的說話。

　　直到嫲嫲把話說完了，他才對嫲嫲說：「嫲嫲，今天我們多陪陪您吧！」

給父母的話

語言是人類最重要的交流工具，也是智力發展的基礎。幼兒時期是人在一生中掌握語言的關鍵階段，也是培養表達能力的重要時機。兒童要學會了說話，才能在與他人交流時，把自己心中所想的意思準確地表達出來。但是，孩子的表達力往往受到性格、語境、認知、經驗等影響。例如，有的孩子膽小、害羞，害怕與人交流；有的孩子性急、脾氣暴躁，說出來的話往往不太中聽；有的孩子認知不足，無法把事情清楚地描述出來；有的孩子不善傾聽，會打斷別人說話……這些都阻礙了孩子培養良好的表達能力。

我們都明白，生活是語言的泉源，所以家長平時要豐富孩子的生活，為他們創設多聽、多看、多説的語言環境。例如，多為他們提供與同齡孩子交往的機會；多向孩子提問簡單有趣的問題，鼓勵他們思考和回答；在閱讀圖書時，多引導他們説一説畫面有什麼東西、下一頁的故事會怎麼發展等。

　　培養兒童的語言表達能力，雖然不是一朝一夕的事，但是只要家長能抓住讓孩子説話的契機，並積極引導他們，相信他們一定會敢説、願説、會説。

如何培養孩子的表達能力？

　　各位家長，培養孩子語言表達能力的方法有很多，齊來看看以下引導孩子說話的小提示吧！

1 讓孩子多聽、多看、多讀、多背。

2 啟發孩子敢說、想說、樂意說。

3 認真聆聽孩子的話，給予引導和正面回應。

4 正確、認真地回答孩子提出的問題。

5 注意日常用語，給孩子做好榜樣。

6 鼓勵孩子參與不同活動和遊戲，鍛煉口語溝通能力。

表達能力大提升

我會聽完再說話

作　　者：許萍萍
責任編輯：容淑敏
美術設計：劉麗萍
出　　版：新雅文化事業有限公司
　　　　　香港英皇道499號北角工業大廈18樓
　　　　　電話：(852) 2138 7998
　　　　　傳真：(852) 2597 4003
　　　　　網址：http://www.sunya.com.hk
　　　　　電郵：marketing@sunya.com.hk
發　　行：香港聯合書刊物流有限公司
　　　　　香港荃灣德士古道220-248號荃灣工業中心16樓
　　　　　電話：(852) 2150 2100
　　　　　傳真：(852) 2407 3062
　　　　　電郵：info@suplogistics.com.hk
印　　刷：中華商務彩色印刷有限公司
　　　　　香港新界大埔汀麗路36號
版　　次：二〇二三年二月初版

由湖北惠成出版傳媒有限公司通過北京同舟人和文化發展有限公司（電郵：tzcopypright@163.com），
授權給新雅文化事業有限公司發行中文繁體字版本。該出版權受法律保護，非經書面同意，不得以任何
形式任意重製、轉載。

ISBN: 978-962-08-8175-6
Traditional Chinese Edition © 2023 Sun Ya Publications (HK) Ltd.
18/F, North Point Industrial Building, 499 King's Road, Hong Kong
Published in Hong Kong SAR, China
Printed in China